지우는 마음도
푸른 물든다

유영서 제2시집

시음사
시사랑음악사랑

시인의 말

잘 개인 하늘가
파란
하늘을 닮고 싶었습니다

둥실 떠가는
한 자락
구름이 되고 싶었습니다

서녘 하늘에
붉은
노을이 되고 싶었습니다

일기처럼
마음으로써 내려간 글

지우는 마음에
푸르름을
닮고 싶었습니다

시인 유영서

QR코드 스마트폰으로 QR 코드를 스캔하면
시낭송을 감상할 수 있습니다

본문
시낭송
감상하기

 제목 : 지우는 마음도 푸른 물든다
시낭송 : 박영애

 제목 : 시는 연애 중
시낭송 : 박영애

 제목 : 구두 수선집
시낭송 : 박영애

 제목 : 초상화
시낭송 : 박영애

 제목 : 화해
시낭송 : 박영애

 제목 : 둥굴레차
시낭송 : 박영애

 제목 : 개운한 날
시낭송 : 박영애

 제목 : 아내의 손
시낭송 : 박영애

 제목 : 인생살이
시낭송 : 박영애

 제목 : 새벽 찬가
시낭송 : 최명자

 제목 : 밤낚시
시낭송 : 박영애

 제목 : 꽃 편지
시낭송 : 박영애

 제목 : 주말 아침
시낭송 : 박영애

 제목 : 내 작은방 봉창문엔
시낭송 : 박영애

제목 : 참외 서리
시낭송 : 박영애

 제목 : 추억
시낭송 : 박영애

 제목 : 뙤약볕 아래서
시낭송 : 박영애

 제목 : 마음 가는 곳
시낭송 : 박영애

 제목 : 자장면
시낭송 : 박영애

 제목 : 익어가는 가을
시낭송 : 박영애

 제목 : 시인의 밥상
시낭송 : 박영애

 제목 : 초경 같은 봄날
시낭송 : 박영애

 제목 : 가을밤
시낭송 : 박영애

 제목 : 열두 장의 달력
시낭송 : 박영애

 제목 : 겨울의 끝
시낭송 : 박영애

 제목 : 봄 여행
시낭송 : 박영애

 시집 본문 시낭송 듣기

시인은 자연을 이야기하고 시낭송가는 자연을 품었다
글자는 날개를 달아 언어로 날고 소리는 자연에 눕는다

* 차례 *

1부 / 꿈을 꾸는 시인

✳ 차례 ✳

2부 / 내가 품은 세상

* 차례 *

3부 / 그리움을 그리다

＊ 차례 ＊

4부 / 시인의 사계

지우는 마음도
푸른 물든다

1부 / 꿈을 꾸는 시인

지우는 마음도 푸른 물든다

자고 나면
푸르러지는 것들 본다

깔끔하게 단장한 나무들
푸른 정장이 때깔 나게 멋스럽다

가는 사월 뜨락에
영산홍 붉은 심장
뜨겁게 유혹한다

나도 한때는 그랬으리라
스무 살 청춘 그립다

살아온 세월 어루만지며
지우는 마음에
푸른 물 다시 들까

너희도 세월 가면
푸른 잎 붉게 물든다는데

남은 세월
푸르게 물들다가 붉게 물들어
조용히 떠나고 싶다.

제목 : 지우는 마음도 푸른 물든다
시낭송 : 박영애
스마트폰으로 QR 코드를 스캔하면
시낭송을 감상할 수 있습니다

시는 연애 중

하얀 백지 위에
시 하고
낱말 하나 적는다

그 낱말 누군가에게
눈물이 되어주고

그 낱말 누군가에게
기쁨이 되어주고

그 낱말 누군가에게
사랑이 되어주고

그 낱말 누군가에게
희망이 되어주고

그 낱말 누군가에게
삶이 되어주고

그 낱말 지금
달콤한 시 향기 풍기며
소곤소곤 연애 중이다.

제목 : 시는 연애 중
시낭송 : 박영애
스마트폰으로 QR 코드를 스캔하면
시낭송을 감상할 수 있습니다

일 중독

구름도 산마루에 걸터앉아
쉬었다 가거늘

살아온 길
개미처럼 일만 하며 살았구나

아마도 내 몸속에 일버러지
몇 마리 살고 있나 보다

어쩌면 좋으니
마음은 일하라 하는데
몸이 말을 하는구나

때로는 베짱이처럼 풀숲에 앉아
노래 부르며 살라고.

생 그거

바람 분다
까불까불 바람 분다

들녘에 춤추는
풀잎을 보아라

생이란
풀잎처럼 바람 타고 노는
어릿광대

지지고 볶고 사는 것도
한때이거늘

길지도 짧지도 않은 인생

세상은
얼쑤 춤추다 가는
신명 놀이 한마당.

석불의 미소

수천 번을 징 맞아
웃는 얼굴 되었구나

수천 년이 지났어도
웃는 모습 그대로

저 돌 깎은 석공은
열반에 들었는가

세상사 모두가
네 웃음만 같아라.

저 꽃 언제 피려나

쓰고 나면
언제나 후회막급이다

열정 앞세워
일렁이는 그리움
꾹꾹 눌러 쓰지만

바람에 흔들리는
나뭇잎처럼 어지럽다

이른 새벽
시인은 꽃을 그려 보지만

그리움 밭엔
언제나
그리다 만 꽃 한 송이
덩그러니 앉아 있다.

바닥이 난 시심

자연도 목마르면 구름을 졸라
비를 달라고 하는데
누구를 조를까 난!

허기진 마음에 날마다 허덕이는
저 시심

둘러보면
모두가 아름다운 시인데
낱말 하나 붙들고
끙끙거리며 떼만 쓰고 있네!

염원

간지러운 햇살에
속마음 드러내며
사랑 하나 피었습니다

그 사랑
내 곁에 오래 머물도록
장의자 하나 준비하겠습니다

언제든지 사랑이 그리울 때
그 사랑
내 곁에서 만개하게 말입니다

나는 길 가는 나그네
그대는 꽃입니다.

못난 것들

무에 그리 잘났더냐?
입만 열면 자랑질

누구는 금수저
누구는 은수저

세상 살아가는 일
모두가 똑같은데

바람 불라
자랑질하지 마라

환한 대낮도
해 떨어지니 어둡더라.

새벽에 쓰는 시

그냥 좋아서 쓴다

수사법이니 은유니
사유 따윈 애당초
접어 둔 지 오래

누군가 한 사람이라도
읽어 주는 이 있다면

이른 아침 길섶에
새벽이슬 또르르 굴리며
환하게 핀 나팔꽃

저 꽃처럼
맑아지려 쓰고 또 쓴다
이른 새벽
내 마음을 깨우는 시.

그분

십자가에 달려서도
기도하신 이

그분 바라보며
무릎 꿇었더니

내 생에 가장
겸손한 순간

그분 웃으시며
내 손 잡아 주시네.

요양원

타고 왔던 휠체어가
담벼락에 기댄 채
누군가를 부르고 있습니다

바람 부는 창가엔
팔랑팔랑 떨어지는 나뭇잎이
노모의 마음을
흔들어 놓고 있습니다

어디서부터 잘못된 건지
철석같이 믿었던 마음은
말없이 금이 가 버리고

기다리는 마음이
스크린 도어처럼
쉴 새 없이 열렸다 닫히곤 합니다

비가 내리는 밤입니다

기댈 대라곤 자식밖에 없는 노모
휠체어를 타고 꿈을 꿉니다
저기
저기가 천국인가 봅니다.

나

덧셈만 하며 살았구나

아등바등 살아온 세월
움켜쥔 손 펴 보이니
공수래공수거

잘난 인생 못난 인생
엎어졌다 일어섰다
지나 보니 알겠더라

때로는 뺄셈도 하며
지워가며 살아야 하는 것을.

구두 수선집

수선집 아저씨는 면접관이다
척 보면 안다
밑창을 갈아야 한다느니
뒤축을 갈아야 한다느니
밟고 걸어온 이력을
눈 감고도 알고 있다
수북이 쌓여있는 이력서들
나도 슬쩍 이력서를 내민다
얼굴 한번 올려다보시더니
툭 던지는 말씀
먼 길을 걸어오셨군
삼 일 뒤에 오라고 했다
면접관에게 통보를 받았으니
이쯤 되면 합격이다
밑창을 갈고
뒷굽을 갈아준다고 하였으니
나는 또 얼마나 많은
이력을 쌓으며 살아갈까?

제목 : 구두 수선집
시낭송 : 박영애
스마트폰으로 QR 코드를 스캔하면
시낭송을 감상할 수 있습니다

이발

자고 나면
쑥쑥 자라는 욕심을 보았다

그래서 나는 한 달에 한 번씩
이발소에 간다

더 자라기 전에
잘라 버린 욕심

머릿속이 개운하다.

초상화

그리다
그리다
못내 그렸습니다

살아온 세월이 너무 아팠습니다

나를 바라보고
아내가 말을 합니다

아내를 바라보며
내가 말을 합니다

주름진 두 얼굴이 똑 닮았습니다

그리다
그리다
울고 말았습니다.

제목 : 초상화
시낭송 : 박영애
스마트폰으로 QR 코드를 스캔하면
시낭송을 감상할 수 있습니다

기도

언제나 이 성질이 풀릴까요
미워지니 기도를 합니다

눈 부릅뜨면 또 도지는 성질
편안해 지려 기도합니다

내 안에
가득 차 있는 것은 무엇입니까

뱉어도 뱉어내도
욱하고 차오르는 성질

주여
십자가에 매답니다
이 더러운 성질
붉은 피 흥건하게 적셔질 때까지.

시의 정원

여기저기 꽃은 피는데
내 마음은 아직
꽃피울 때가 되지 않았는가 보다

아름다움과 부끄러움을
구별도 하지 않은 채

황홀함 하나 얻어질 때까지
기다리고 기다려야
꽃을 피울 수 있으련만

날마다
끄적이고 또 끄적여 보지만
나에겐 언제나
죽은 문장이다

오늘도
꽃이 어우러진 정원엔
맑은 영혼에 소유자만이
향기를 맡는다.

화해

내 마음 열어 보이니
그대가 들어와 앉아 있습니다

손 내밀 것 같지 않은
그대 마음속에
내 마음도 들어가 앉아 있습니다

이렇게 마음 편한 일을
진작에 왜 하지 못했을까요

그대가 웃습니다
나도 따라 웃습니다

웃는 모습이
파란 하늘을 닮았습니다
그 마음 변할까 봐
두 손 꼭 잡았습니다.

제목 : 화해
시낭송 : 박영애
스마트폰으로 QR 코드를 스캔하면
시낭송을 감상할 수 있습니다

지우개

세상 사는 거 뭐
별거 있나요

천년만년 살 것도
아닌데 뭘

상처 같은 거
그냥 인정하고
미소로 쓱쓱 지워요

누구를 배려하고
이해한다는 거

마음에 미소 같은 지우개 하나
생겼다는 거죠.

장 보는 노부부

구부정한 허리춤 사이로
야윈 손 부여잡고

가다가 서다가
할망구 발맞추며

채소 전도 기웃
어물전도 기웃

의류 전에 들러
빨간 옷도 걸쳐 보고

한 손에 장바구니
흥정하는 재미 쏠쏠

설핏설핏 지는 해
황혼 길 뒤따르며

장바구니 한가득
시장길 나서고 있네!

동행

돌아오는 길에
앞서가는 그림자를 바라보다
누군가를 보았다

하늘에 걸려 있는
수척한 달

기쁨도 슬픔도
삶의 무너지는 언저리
희뿌연 어둠 속

순간
덥석 나의 품에 안긴 달

함께 걷는 중이다

아직도 털고 갈
그 어려운 길을.

둥굴레차

아내와 내가
식탁에 앉아 차를 마십니다

아내의 얼굴
바라보고 웃습니다

내 얼굴 바라보고
아내가 웃습니다

바라보고 웃는 건
분명 우리 부부의 얼굴인데

찻잔 속에 둥굴레꽃이
환하게 웃으며 피었습니다

세상 사는 재미도
둥글게 둥글게
환하게 웃으며 피었습니다.

제목 : 둥굴레차
시낭송 : 박영애
스마트폰으로 QR 코드를 스캔하면
시낭송을 감상할 수 있습니다

사슬

짊어진 무게야
벗어 놓으면 그만이련만
산다는 게 뭐 거미줄처럼 어지러워

날품을 팔아
하루치 목숨 줄 연명하는
그놈의 사슬

늙어지면
육신도 쇠약해져 손 놓지 않겠는가

허름한 주머니
뒤적거려보아야 빈털터리

지고 가는 무게에
온종일 바람만 불었다.

행복

푸른 꿈 걸치고
하늘길 걷습니다

살아온 날들이야
저기 저 흘러가는
구름쯤으로 여기겠습니다

세월 따라 늘어진 몸
훈장처럼 여기며 말입니다

입가에 번지는 웃음
젊음처럼 팡팡 쏟아집니다

매일매일
젊어지는 연습을 합니다

마음을 바꿔 먹으니
내가 참
행복한 사람이라 여겨집니다.

개운한 날

라면을 끓이다 생각했다

끓으면 끓을수록
퉁퉁 불어나는 면발들
순간 뒤엉켜
퉁퉁 불어나는 마음속
분노를 보았다

라면을 먹는 순간
입속으로 넘어가는
배배 꼬인 분노들

이참에 국물 한 방울까지도
다 먹어 치워 버렸다

흐렸던 하늘이
언제 그랬냐는 듯 쨍쨍하다

오늘은 마음이
참 개운한 날이다.

제목 : 개운한 날
시낭송 : 박영애
스마트폰으로 QR 코드를 스캔하면
시낭송을 감상할 수 있습니다

못다 쓴 편지

그늘진 마음에
꽃 등이라도 켜야 하나

창밖은 저리도
맑은 바람 서성이는데
간밤에 못다 쓴 편지 한 통

적어도 적어도 풀리지 않는
베란다 창가에
간밤에 몰래 핀 꽃

그리운 얼굴인 양.

아내의 손

벌레 먹은 낙엽처럼
마음 숭숭 뚫려 외로울 때
그 손 내 마음 어루만져 준
분에 넘치는 손이었습니다

삶이 너무 무서워
두려움 가득 포기하려 할 때
그 손 내 손 잡고 기도하는
눈물 젖은 손이었습니다

먼 길 함께 걸으며
묵묵히 앞에서 끌어준 손
그 손 거칠어져 서걱거리는
세월을 이겨낸 손길 따뜻한
사랑의 손이었습니다

고맙습니다
사랑합니다
아 고마운 손 역경을 이겨낸
그 손 붙잡고 내가 웁니다.

제목 : 아내의 손
시낭송 : 박영애
스마트폰으로 QR 코드를 스캔하면
시낭송을 감상할 수 있습니다

인생살이

해그림자
하루를 짊어지고 갑니다

부끄럽지 않게 하루 치
노동 값을 치르고
나도 따라갑니다

톱니바퀴처럼 돌고 돌아
세월도 따라 돕니다

어제와 오늘이 겹쳐져
기쁨도 슬픔도
이 길 위를 달립니다

아름다운 인생길
내가 어디쯤 서성거리며
시간의 옷을 벗습니다.

제목 : 인생살이
시낭송 : 박영애
스마트폰으로 QR 코드를 스캔하면
시낭송을 감상할 수 있습니다

커피 믹스

커피를 마시다 생각했다

뜨거운 것이
식도를 타고 온몸으로 번지자

그러지 않아도 시꺼먼 속인데
내 속은 얼마나 더 시꺼메졌을까

저 달곰하고
뿌리칠 수 없는 유혹에.

지우는 마음도
푸른 물든다

2부 / 내가 품은 세상

빈손의 아침

꽃이 져도....

어디선가
계속 꽃이 피고 있다

얼마간의 슬픔으로
얼마간의 행복으로

팽이 돌듯
지구가 돌고 있다.

꽃등 불

꽃 핀 자리 아름답다

구정물 위에
꽃등 불 밝혔구나

탁하고 어지러운 세상
네 마음 담으면 환해지려나.

새벽의 미소

말간 이슬이 풀잎 위에
소박한 상차림을 차렸습니다

잠이 덜 깬 바람이
비몽사몽 비틀거리며 지나갑니다

새벽같이 일어난 메꽃이
생글생글 웃고 있습니다

그 미소 때문에
그 고운 마음 때문에

이른 새벽이
미소처럼 번지는 오늘입니다.

강아지풀

얼마나 외로우면
저리도 흔들어 대는 거니

무심한 풀밭
바람 부는 오후

그냥 좋아서
몸통 흔들며 다가오는

티 없이 맑은
강아지 꼬리를 닮은 저 순수.

새벽 찬가

새벽의 고요가 풍금을 친다

풀잎에 내린 천상의 이슬이
또르르 굴러
맑은 음자리표로 자리를 잡는다

도레미
도레미
나무며 꽃 풀들이
일제히 일어나 화음을 맞추고

빈 마음
풍금 소리 들으며
하루를 열고
무지갯빛 꿈을 꾼다.

제목 : 새벽 찬가
시낭송 : 최명자
스마트폰으로 QR 코드를 스캔하면
시낭송을 감상할 수 있습니다

보슬비

비가 운다
사내의 속울음처럼
비가 운다

뚝뚝 떨어지는
꽃잎 끌어안고
비가 운다

사랑도 이별도
가슴에 묻어두고
비가 운다.

약속

작년에 몰래 핀 꽃

올해도 피었네

해마다 이맘때쯤

거기 그 자리....

새벽 산책

밤새 비 뿌리더니
초록빛 짙다

어둠에 시달린 달이
목간하고 나왔나

뜨락에 핀 수국
정갈하게 앉아있다

간간이 부는 바람
누구의 속내 인가

산에 들지 못한 산비둘기
저 홀로 운다.

장미 정원

너무 야하다

꽃바람 불어 타는 유월
미치도록 뜨겁다

이게 뭐지
간통이라도 하였나

밤새 뒹군 것처럼
내 몸에서 여인네 향기
진동한다.

비 바라기

잠 못 이루는 밤이다

뒤숭숭한 마음속에
내리는 빗방울 수만큼
가슴 저려 오는데
빗소리 따라가다 보면
그리운 이 서 있을까

지워진 길
그리다 그리다 뒤척이는 밤

그리움 한 움큼
사랑 한 움큼
내 가슴 타고 흐른다.

저물녘 강가에서

강물 위에
노을이 내려와 앉는다

도란도란
세상 이야기 정겹다

집 찾아가는 물총새
물고기 한 마리 꿰차고 날고 있다

어둑어둑
해그림자 내린다

괜스레 눈시울 붉히며
죄인처럼 내가 서 있다.

쑥과 대지

쑥쑥 자라는 걸 보니
쑥이라 부르는가 봅니다

갓난아기 시절
무릎 위에 앉혀놓고
쑥쑥 자라는 나를 보고
금자동이 은자동이

쑥쑥 자라 이렇게
어른이 된 지금도
가만가만 얼러주시던
사랑의 손

보고 싶습니다
어머니!

달개비꽃

한참을
넋을 잃고 바라보았다

거기
그 사람

오래전
그이 모습 첫사랑 같아.

하얀 마음

천성이 깨끗해서
하얗게 핀 꽃

바라만 보아도
눈부시게 깨끗한 꽃

네 마음 빌려
내 마음 깨끗해질 수 있다면야

열흘을 산다 해도
눈 하나 깜짝 않고 선하게 지는 꽃.

편지

누구
누구에게 줄
편지를 씁니다

밤새 내리는 빗소리로
편지를 씁니다

바람은 왜 그리도
창가를 두드리는지

울컥해진 그 마음
어쩌지 못하고
밤새 내린 사연들
꾹꾹 눌러 씁니다.

이 아침에

달빛 홀로
지새운 새벽입니다

베란다 정원에
군자란이 예쁘게도 피었습니다

향기 한 줌 가지고
아침 배달 왔습니다

창가에 내리는 햇살도
반갑게 아침 인사합니다

내게도 오늘은
좋은 일이 있을 것 같습니다

깊은 잠에서 일어난 나에게
살아 있다는 감사함이
향기처럼 일어서는 오늘.

바람이 잠자는 곳

그렇게 오는 거야

살금살금
고양이 발걸음처럼

바람에
꼬리를 붙잡고
남으로 가는 기러기

비운 달
다시 차오르잖아

그리움은 남쪽에서
훈풍 훈풍.

안갯속에 핀 사연

비 뿌리고
안개 자욱하다

한 치 앞을
바라볼 수 없는 발치에
곱게 핀 꽃 한 송이

한 줄 바람
너의 고운 사연인가

다칠라
저 여리디여린 모습

안갯속에서 핀 사연
아리기도 하여라.

소래 습지를 거닐다

구름 털어내고
햇살 눈부시게 쏟아집니다

지천에 눈에 익은 푸르름이
봄의 서곡을 알립니다

춤추는 갈매기
흥에 겨워 하늘을 날고 있습니다

발길 머무는 곳마다
싱싱한 푸르름이
알싸한 향내 풀어 놓고 있습니다

수많은 사연 세상의 티끌도
따뜻한 바람 안고 행복해집니다

내가 오늘은
이 아름다운 계절에
따뜻한 미소로
한 송이 들꽃으로 피었습니다.

자유

찰랑거리는 들녘
눈 부신 햇살이
깔깔거리며 놀고 있다

검은 머플러를 두른
까치 한 쌍이
팔짱을 끼고 밀애 중이다

꽃다지 냉이 쑥 씀바귀
파릇파릇 새싹들이
꼼지락꼼지락 얼굴 내밀고

뒷짐 지고 온 바람이
희희낙락 휘파람 분다
간섭받는 일 간섭하는 이
아무도 없다

푸른 융단을 깔아놓은
길섶을 걸으며
오늘은 내가 세상에서
제일 자유롭다.

밤낚시

낚싯바늘에 달빛이 걸렸다
산도 걸려 나온다

바람 한 점
어둠을 핥고 지나가고
물안개 자욱한 수면 위로
천상의 별빛 내린다

맘껏 치장한
숲속에서 소쩍새 울고

욕망의 그늘에
갇힌 내가
그림자 붙잡고 졸고 있다.

제목 : 밤낚시
시낭송 : 박영애
스마트폰으로 QR 코드를 스캔하면
시낭송을 감상할 수 있습니다

꽃 편지

봄바람 분다
삼삼오오 팔짱 끼고
돌아오는 것들 본다

겨우내 빈 가지로 서 있던 나무들
임 오실 날 기다리며 몸단장하고 있다

소곤소곤
이야기 소리 정겹다

우리는
봄을 기다리는 수신인

방금 도착한 엽서에
봄이라 쓴
연분홍 꽃 한 송이 배달됐다.

제목 : 꽃 편지
시낭송 : 박영애
스마트폰으로 QR 코드를 스캔하면
시낭송을 감상할 수 있습니다

가르침

잎새 위에 내리는
빗방울을 보았다

내리는 즉시
저 깨끗한 마음까지 비워 버리는
해탈한 너의 경지

자연이 일깨워준 큰 가르침
현자가 바로 너였구나
이 어지러운 세상에.

주말 아침

베란다 유리창 사이로
햇살 한 줌
눈부시게 쏟아지고 있다

못다 핀 그리움 꽃망울 하나
톡 하고 터진다

상큼한 바람도 좋고
맑은 하늘에 한가롭게 떠가는
구름이 예쁘다

이대로 저 가을 붙잡고
그대에게 따뜻한
편지 한 장 쓰고 싶다.

제목 : 주말 아침
시낭송 : 박영애
스마트폰으로 QR 코드를 스캔하면
시낭송을 감상할 수 있습니다

코스모스

기다렸지 그 사랑
굳이 말하지 않아도

살랑살랑
개미허리 흔들며

우리는 그렇게
길가에서 만난 사이

쓱
마음 문 열더니
와락 내 품을 파고드네

어라 가을 타네.

은화 택배

무궁화꽃이 피었습니다
무궁화꽃이 피었습니다

고랑 진 얼굴
여든다섯 이마 위
송골송골 맺힌 땀방울

무궁화꽃이 피었습니다
무궁화꽃이 피었습니다

살아온 세월
결단코
아무렇게나 살지는 않으셨으리

땀으로 얼룩진 택배
전달되는 가정마다

무궁화꽃이 피었습니다
무궁화꽃이 피었습니다.

지우는 마음도
푸른 물든다

3부 / 그리움을 그리다

생

창가에
잠시 놀다가는 햇살을 보았다

눈 부신 햇살을 깨물다
떨고 있는 꽃

피우고 지는 생
아! 저 따뜻한 온기와 간통한
이별도 그랬으면 참 좋겠다.

내 작은방 봉창문엔

그랬구나
내가 잊어버리며 살았던 게야
어릴 적 내 작은방 봉창문엔
어머니가 창호지 오려
덧칠해 붙여 놓은
예쁜 꽃들이 피어 있었지

봄이면 봄꽃으로
여름이면 여름꽃으로
가을이면 곱게 물든 단풍잎으로
겨울이면 손바닥만 한 유리를 덧붙여
흰 눈 내리는 겨울 풍경을
바라보라고 만들어 주신 작은 창

그 작은 창으로 내다보는 세상은
어찌 그리도 오묘하고 아름답던지

그랬구나
내가 잊어버리며 살았던 게야
내 마음속엔 사시사철 꽃이 피는
어머니가 만들어 주신
꽃들이 살고 있는
예쁜 봉창 문이 있다는 것을.

제목 : 내 작은방 봉창문엔
시낭송 : 박영애
스마트폰으로 QR 코드를 스캔하면
시낭송을 감상할 수 있습니다

딱히 그런 날

너의 심장부에 햇살이 꽂혔다

화관을 쓴 몸이 눈부시게 아름답다

주저앉아 너를 바라보는 나에게
코끝을 스치는 알싸한 향기는 뭘까

딱히 그렇고 그런 날

오늘은
너의 그 고운 향기로 위로받고 싶다.

들녘과 아버지

들녘이
꿈을 꿉니다

어린아이 마음으로
꿈을 꿉니다

꿈길
황금빛으로 가득합니다

어릴 적 내 마음도
그랬습니다

비가
많이 내리는 날이면
삽 들고 논배미 물꼬 터 주시던
아버지를 그리워하게 합니다.

국화차

차향 그윽하다

눈을 감고
명상에 잠긴다

가을 산자락이 와락
내게 와 안긴다

찻잔 속에
누이의 얼굴이 둥둥 떠 있다

입안 가득
가을 향기 살살 녹는다.

촌놈

비 내리자
꼿꼿이 목 쳐든
풀잎들을 본다

허허로운 들녘
바삐 가는 세월 앞에
꼿꼿하게 살아가는
저 여린 풀잎

그 사이사이
용케도 버티고 선 나

수십 년을 도회지에 살아도
나는야 갓 상경한
어리숙한 촌놈.

인생

꽃 핀다
웃으니

스무 살 청춘

꽃 진다
슬프다

황혼 길 저물녘
쓸쓸한 뒷모습.

쉼 하는 날

볕이 참 좋다

어쩜 그리도
곱게도 피운 거니

꽃 핀 자리
열아홉 순이가
발그레한 모습으로 앉아있다

쉬는 내내
순이와 내가 알콩달콩
담소를 나누고 있다.

참외 서리

청포도 익어가는
칠월 뜨겁다

두렁 밭에
노랗게 익어 가는 참외
나와 개똥이를 유혹한다

원두막에 목침 베고 누워
시름 잊고 부채질하며
노랫가락 흥얼거리는 할배

파수꾼처럼 목청 좋은 매미는
칠월 하늘을
찢어 놓을 듯 울고 있다

구름도 산마루에 걸터앉아
쉬어가는 한나절

망보던 나에게
참외 몇 개 슬쩍 따서 건네준
어릴 적 친구
지금은 보이지 않는 개똥이 그립다.

제목 : 참외 서리
시낭송 : 박영애
스마트폰으로 QR 코드를 스캔하면
시낭송을 감상할 수 있습니다

마음 두고 온 자리

바람 불길래
내 마음
걸어둔 곳 찾아갔더니

네 모습 보이지 않고
내 마음만
덩그러니 앉아있네

꽃 필 때
다시 오마

너 떠난 자리
외롭지 않게
내 마음 그대로 두고 가마.

들꽃

들녘 그곳엔
예쁜 꽃들이 핀다

빛바랜 사진첩에
순이 얼굴처럼 어여쁘다

부끄럼 타는 모습에
옛 추억 하나 떠오른다

그 사람 그리워
바람 편에 안부 적어 띄워 본다

세월 지나도
마음에 묻어둔 흑백사진 한 장.

어버이날

네 이름 뭐니
오월 들녘에
아름답게 피었구나

오늘은 어버이날
네 웃음 빌려다가

저승길 계시는
아버지 어머니

아들딸
손주 손녀 이름으로

외로워 마시라고
그 허한 가슴에
사랑으로 달아 드리고 싶다.

그리운 날

풍경 속에
꽃 한 송이 피었다

소박하게 앉아있는
저 여인네
누가 그려 놓았나

이승 향한 그리움
저리 곱게 피었는가

전생을 살다 온 나비는
그 마음 알 수 있을까?

미련

돌아보니
그림자만 보입니다

지나온 세월
바람처럼 흘러갔습니다

내 가슴 어딘가에
질척질척 비가 내리고 있습니다

아마도 후회스러운 일들
아직도 남아 있나 봅니다.

가슴앓이

책갈피 속 끼워둔 너
단풍!

그리운 마음에
물이 들었다

언제나 나는
당신 꺼내 바라보며
냉가슴 앓고 있는
바보!

습지에서

나비 한 마리
봄을 지고 나릅니다

깨끗한 하늘가
구름 한 점 풀어 놓았습니다

깔쭉깔쭉
민들레가 앉아서 웃고 있습니다

누군가가 그리워져
자꾸만 눈물이 납니다

아는지 모르는지
숲속에 새 한 마리 울고 있습니다

봄 햇살 붙잡고
바람 따라 걷는 길

지천으로 피어 있는 아무개에게
안부 인사 남기고 갑니다.

추억

지우고 쓰고
무슨 미련이 남았을까요

사랑 같은 거
그냥 놓아주면 되는 줄 알았습니다

그대와 함께했던 지난날
그 추억의 오솔길 걸으며

풀 한 포기 예쁜 꽃들
그 자리에 예쁘게도 피었습니다

불러도 불러보아도
돌아오는 메아리만 서성거리고

진종일 애태우던 마음엔
주룩주룩 기다림에 비가 옵니다.

제목 : 추억
시낭송 : 박영애
스마트폰으로 QR 코드를 스캔하면
시낭송을 감상할 수 있습니다

뙤약볕 아래서

밭고랑을 매고 계신다
아주머니

뜨거운 뙤약볕 아래
평생 한길로 살아온
구릿빛 나는 야윈 손길로

활처럼 흰 등줄기 너머
뽑혀 올라온 피맺힌 살점들
울 어머니도 그러했으리라

아직도
저승에서도 손 놓지 못하고
잡초 더미 무성한
밭고랑을 더듬고 계실
어머니

삶의 가벼운 육신조차 벗어던지지 못한
저 뜨거운 뙤약볕 아래서.

제목 : 뙤약볕 아래서
시낭송 : 박영애
스마트폰으로 QR 코드를 스캔하면
시낭송을 감상할 수 있습니다

길상사 가는 길

머리 풀고 돌아앉아
상사화 한 무더기
물빛 진한 그리움을 토해내고 있다

청잣빛 고운 하늘 가
마음 한 자락 내려놓고
손님처럼 떠도는 이 하루

어디선가 까마귀 울음소리
질퍽한 이승의 넋두리를
토해내고 있다.

고향 그리며

보리밭이랑
종다리 우짖는 소리에
봄은 오는가

재 너머
긴 밭에 워낭소리 울리고

한 점 떠가는 구름에 소 풀 뜯기며
보리피리 불던 어린 시절 그립구나

향기 따라 뛰놀던
고향 산천아

낯선 도회지에 마음 붙이지 못한
외로운 나그네

고향 하늘 그리며
하염없이 눈물 흘린다.

마음 가는 곳

마음 움직이는 데로 발걸음 옮겼더니
들녘에 앉았네

바람 소리 새소리
흐르는 물소리
깔깔거리며 웃고 있는
아기 꽃들과 놀다가

눈길 가는 곳
저 푸른 들녘에
마음 한 자락 펼쳐 놓았네

이곳에 앉아 있으면
어머니 냄새 같은
향기로운 흙냄새가 나네

아! 내 마음 이리도 평안한 것을
오늘은 내가 모든 일 접어둔 채
어머니 품속 같은 이곳에 잠들고 싶다.

제목 : 마음 가는 곳
시낭송 : 박영애
스마트폰으로 QR 코드를 스캔하면
시낭송을 감상할 수 있습니다

공원에서

방금 내 앞을 스쳐 지나가는
연인들

그 발소리에 맞춰
툭 하고
나뭇잎 하나 떨어진다

예쁘다
한 장 그림 같은
마지막 사명을 다하고
아무렇지도 않게 생이 진다

가는 길 아름다워라
바람도 구름도
하늘빛 여간 맑다.

푸른 날

푸르른 너를 보면서
맑아진 마음을 본다

내게도
그 푸른 청춘은 있었던 게야

잊고만 살았던
각박한 세월이잖아

말갛게 마음 헹구고
하늘을 봐

떠가는 구름쯤
공으로 여기면 돼

신이 내려준
이 푸르른 계절에.

흔들리는 세상

가만히 있어도 흔드는구나
바람이 나뭇가지 흔들듯

흔들리는 것 이것뿐이랴

너도 흔들리고
나도 따라 흔들리고
세상사 모두가 흔들리다가

댕강댕강 잘려 나간 풀들도
다시 자라면
그 아픔 잊어버리듯

거짓도
참으로 위장하는 세상
웃다가 울다가!

자장면

자장면을
눈물처럼 먹은 날이 있다
초등학교 졸업식 날
어머니가 사주신 자장면

어느 날 문득
자장면을 먹을라치면
불현듯 떠오르는 어머니

많이 먹어라
많이 먹어라

눈물처럼 먹는 나와
비벼 놓은 자장면처럼
시꺼먼 눈물을
삼키고 계신 어머니

그때 그 시절
춥고 배고팠어라
배고팠어라
아! 어머니 어머니가 사주신
곱빼기 자장면 한 그릇.

 제목 : 자장면
시낭송 : 박영애
스마트폰으로 QR 코드를 스캔하면
시낭송을 감상할 수 있습니다

바람처럼 하늘처럼

떠날 때는 빈손

억만년 사는 것도 아닌데 뭘
드러나지 않게 살면 돼

허리 구부린 자세로
잘 개인 하늘가 구름 벗어던지듯

내 안에 사는 욕심 손질하는 마음으로
그렇게 미소 지으며 살고 싶다
남은 생.

지우는 마음도
푸른 물든다

4부 / 시인의 사계

가로수의 봄

봄바람을 보내셨군요
저에게도
누구인들 대접받고 싶지 않은 사람
어디 있겠어요

허구한 날 자동차 소리
내뿜는 일산화탄소에
숨이 멎을 것 같아요

가을날 잘려 나간 곁가지
무에 그리 대 수인 가요
봄이 오면
공평한 옷 한 벌 걸쳐준 고마움을 알아요

그래서 내게는 꿈이 있어요
새벽길 눈뜨며 돌아오는 이 거리에
지금 막 꿈틀꿈틀 생살이 돋고 있는걸요.

가을맞이

어디선가
자꾸 가을 냄새가 납니다

바람의 체온이 달라졌습니다

산과 들이
바삐 움직이고 있습니다

빛바랜 사진첩에
단발머리 소녀가 걸어 나와
빨간 단풍잎을 건넵니다

하늘이
파랗게 그림을 그립니다

찻잔 속에 내 얼굴이
구름처럼 둥둥 떠다니는 아침입니다.

칠월도 간다

서두르지 않아도
떠날 것들은 소리 없이 간다

작열하는 태양 아래
휴식도 마다 한 채
겸손하게 사과는 익어가고
선선한 바람 불며 팔월은 온다

지나고 나면
돌아올 수 없는 시간
하마 아쉽고

하늘로 이어진 세상 길
기러기처럼 날고 있다.

마당놀이

모심은 논에
풍당 개구리 뛰어드네

물장구치며 헤엄치는
물방개 좀 보아
소금쟁이 예수님처럼
물 위를 걸어가네

꽹과리 치며
새들 신명 나게 노래 부르고
들녘 잔치 한 마당에
구름 한 점
너울너울 춤을 추네

이래저래 오월 들녘은
마당 놀이패.

봄

기울어진 언덕에도
봄은 온다

담장 너머
빼꼼히 얼굴 드러낸 진달래

봄이라는 것은 그런 것이다

첫사랑처럼 마음 설레는.

봄비

저 비 흠뻑 맞으면

메마른 내 가슴에
초록빛 물들까

괜스레 우울한 날

저기 서 있는 나무처럼
맑은 물방울에
푹 젖어지고 싶다.

주운 낱말

참 고와요
햇살이!

겨우내 잠들었던 나뭇가지
쑥쑥 밀어 올리는 봄

맘껏 치장하고
빨간 구두 신고
또각거리며 가는 아가씨

멀뚱히 바라보다
그 향기 속에서
봄이라는 낱말 하나 줍는다.

봄바람

할퀴지 마라
저 예쁜 것들

엄동설한
용케도 버티고

산통 겪으며
봄 피우고 있다.

겨울산

너 기다리고 있으니
내가 간다
언제나 반기며 말이 없는 산

꽃 피고
잎 무성할 때 엊그제인데
바람만 기웃거리는 벌거벗은 산

오르며 쉼하다
함께 따라 해본다

겸손하게
속세의 두꺼운 옷 벗어 던지며
가끔은 내가
너처럼 홀가분해 지려 한다

우뚝 서 있어도
뽐내지 않고 겨울엔 늘
옷 벗는 산.

같은 마음

추운 거니
나도 춥다

햇살 한 줌
비추면 좋으련만

어쩌겠니
겨울이라 추울 수밖에

부디
아프지 말자 우리

너도 봄
나도 봄 기다리는 중.

간다 가을이

간다
가을이 간다
가랑잎 매달고
가을이 간다

간간이 부는 바람

한철 기 살아
푸르렀던 힘센 욕망
그림자 밑에 구겨 넣고

간다
가을이 간다
가랑잎 매달고
가을이 간다.

상강 지나

서리 내리니
단풍 더욱 붉다

깊어가는 가을이
마지막 사랑을 한다

그 사랑받고 싶어
단풍 한 잎 주워든다

받은 손이
붉게 물들었다.

익어가는 가을

민낯으로 익어가는 사과가
가을을 매달고 서 있다

빈틈없이 흘린
농부의 땀방울 수만큼이나
넉넉한 풍경이다

한 줌 햇살에도
곰삭아 익어지는 사과들

주는 마음과
받는 마음이
하늘 보며 서 있다

한 톨 남김없이 주고 가는
가을을
공손하게 받든다.

제목 : 익어가는 가을
시낭송 : 박영애
스마트폰으로 QR 코드를 스캔하면
시낭송을 감상할 수 있습니다

시인의 밥상

어쩌면 좋니
시리도록 눈 부신 햇살
나 저 따스한 손길 한번
잡아 보고 싶다

눈에 들어온 풍경
곱게 물감 풀어
색칠해 놓은 단풍

고와라
그 푸르던 잎
구름은 바람은
또 어쩌란 말인가

저리도 푸르고 높은 하늘
낙엽 흩날리는 날
배고픈 시인의 밥상이
한 상 가득 차려져 있다.

제목 : 시인의 밥상
시낭송 : 박영애
스마트폰으로 QR 코드를 스캔하면
시낭송을 감상할 수 있습니다

가을비

어디쯤 내린다
가을비

빛바랜 가랑잎
하늘만큼 적셔놓고

돌아서 가는 임
빗소리로 따라가다가

배웅하는 내내
나 홀로 깊어져

발그림자 붙잡고
단풍처럼 울고 있다.

단풍

가을이 담아 놓은 눈물

이보다 더
슬픈 이별이 있을까요

말간 하늘가 햇살 한 줌에
곰삭아 내리는 이 가을엔

단풍잎 하나 띄워
누군가에게 바칠
시 한 편 쓰고 싶다.

사월엔

어쩌랴
쟤네 들 지금
사방에서 유혹하고 있는데

흐드러지게 핀 꽃밭에서
우리
사랑 한 번 해볼까

누가
사랑을 깔고 앉을래

방금 터트린 꽃망울
숨 헐떡이며 달려오는데

꽃길 지나 또 꽃길

사월이 온다는 게 뭔지
네 사랑으로 지금.

초경 같은 봄날

누가 뭐라 하지 않아도
얼음장 밑 흐르는 물은
봄을 찾아 나서더라

들녘엔 이미
쑥 씀바귀 꽃다지 냉이
봄을 부화하여
아장아장 병아리 걸음 한창이고

얼마나 그리웠던지
매화나무 가지엔
붉은 꽃방 차려놓은 순이의 마음이
망울망울 사랑의 눈길로
누군가를 기다리고 있더라

아 그렇게
초경 같은 봄날은 오고
몽롱한 영혼들
재 너머 아지랑이
너울너울 봄을 즐기고 있더라.

제목 : 초경 같은 봄날
시낭송 : 박영애
스마트폰으로 QR 코드를 스캔하면
시낭송을 감상할 수 있습니다

그 겨울 바닷가

그립습니다
지난날 그 겨울 바닷가

손가락 걸고 맹세했던
하얀 모래사장 위에
사랑이라고 써놓았던
두 글자

한마음 한뜻으로
마음까지도 닮았었는데
지금은 나 홀로 걷는 바닷가
무슨 미련이 남아 있길래

밀려왔다 밀려가는 파도 소리
갈매기 울음소리로
둥둥 떠다니고 있습니다
그 사랑 예쁜 추억이.

돌아온 봄

몸 버리고 떠난 나뭇가지에
파릇파릇 잎새 돋는 걸 보고
봄이란 걸 알았습니다

아장아장 엄마 따라나서는
갓 부화한 새끼 병아리처럼
소풍 길 나서고 싶은
어느 날입니다

기지개 켜는 봄
어린 햇살 손 붙잡고
황홀한 눈부심으로
한껏 그리움 퍼 올리고 있습니다

하늘 문은 열리고
먹먹한 내 가슴에도
첫사랑처럼 봄이 부화하여
꽃망울 터트리고 있습니다

아! 오늘따라 하얀 목련처럼
환하게 웃고 있는 누군가가
보고 싶습니다.

낙엽 물들 때

걸판지게 놀았지
우리 이제 몸도 마음도
다 내려놓을 준비 하며
편하게 쉬는 거다

부산했던 발걸음 소리
한철 신나게 놀았던 풀벌레들도
쉼 하는 소리 들리고

산과 들녘엔
푸르른 잎새마다
돌아갈 채비 서두르는
곰삭아 내리는 모습 보인다

이제 곧 화려했던 문은 닫히고
편안한 안식을 위해
빈손으로 돌아갈
파하는 가을 보인다.

가을밤

섬돌 밑에 귀뚜리 운다

배불뚝이 달이
해산하는 밤이다

잠들은 나뭇잎 흔들어 깨우며
지나가는 바람 소리

앓는 심장 소리
쿵쾅거리는 고요 속이다

시인은 고뇌하며
시를 쓰고

여인은
가는 임 못내 아쉬워
이별을 노래하네!

제목 : 가을밤
시낭송 : 박영애
스마트폰으로 QR 코드를 스캔하면
시낭송을 감상할 수 있습니다

열두 장의 달력

뒤돌아보니 알겠더라
세월 참 빠르게 흘러가는 것을

흘러간 세월 앞에 다리 하나 놓고
순리대로 살아왔음에
감사한 마음 내려놓는다

열두 장의 달력 삼백예순 닷새가
마지막 임무를 완수하고
마침표를 찍으려 하고 있다

후회는 없었는지
다사다난했던 경자년 한 해가
행복 풀어놓고 대문 걸어 잠근다.

제목 : 열두 장의 달력
시낭송 : 박영애
스마트폰으로 QR 코드를 스캔하면
시낭송을 감상할 수 있습니다

한파

견디거라
세상은 온통 한파와 추위에
몸살을 앓고 있다

눈 내리고 바람 불어 얼어붙은 곁가지
귀 떨어질 듯 아려 와도
양지쪽 언덕빼기 꼬물거리며 움트는
태동을 본다

겨울이야
눈 오고 추워야 제 맛이라고 하지만
그 추위 견뎌내고 나면
사랑이라는 봄날 온다.

겨울의 끝

피어오르는 물 안갯속에서
겨울이 뒤척이고 있다

움트는 가지마다
훈훈한 바람 안긴다

추위 견디며 발등 덮었던
가랑잎 사이로 꿈틀거리는 생명
자작자작 쪼는 햇살이
물살 위에 내린다

봄을 기다리는 사람들 어깨 위로
초록빛 출렁이고 있다.

제목 : 겨울의 끝
시낭송 : 박영애
스마트폰으로 QR 코드를 스캔하면
시낭송을 감상할 수 있습니다

겨울 단상

목적지 없이 바람 분다

간밤에 내린 무서리 길섶에 엎드려
동상 걸려 끙끙 앓는 가여운 것들

하나둘씩
일으켜 세우며 불러본다

저 허허로운 들판에
마음 하나 내려놓으면 꽃이 필까?

봄 여행

봄기운이 완연하다
배낭 하나 걸머지고 길을 나선다

목적지는 없다
그냥 젖어지고 싶어 걷는다

풍경 하나 펼쳐지고
들길 가장자리에 핀 아기 꽃
물끄러미 나를 쳐다본다

하늘 끝
구름 속에 걸려 있는 낮달이
졸고 있다

에움길 돌아 바람 분다
그 바람 속에 내가 서 있다

지나간 청춘
무거운 등짐 내려놓고
웃다가 울다가
풍경 속에 머물고 싶다.

제목 : 봄 여행
시낭송 : 박영애
스마트폰으로 QR 코드를 스캔하면
시낭송을 감상할 수 있습니다

옷 벗는다

가랑잎 뒹군다

여기저기
옷 벗는 소리 들린다

바람이
푸른 하늘 열어젖히고

나무와 나무 사이
차츰 헐거워지는 간격들

벗을 것
다 벗어 버리는 나무들
몸 한층 가볍다.

지우는 마음도
푸른 물든다

유영서 제2시집

2021년 9월 15일 초판 1쇄
2021년 9월 16일 발행
지 은 이 : 유영서
펴 낸 이 : 김락호
디자인 편집 : 이은희
기 획 : 시사랑음악사랑
연 락 처 : 1899-1341
홈페이지 주소 : www.poemmusic.net
E-Mail : poemarts@hanmail.net

정가 : 10,000원
ISBN : 979-11-6284-313-0